소금 장수가 아들 걱정에
날마다 한숨만 푹푹 쉬어요.
소금을 팔라고 보냈더니
소금을 팔기는커녕 매를 맞고 돌아오지요.
불난 집에 가서 춤추고,
싸움이 나면 물을 끼얹으니 그럴 수밖에요.
아들은 언제쯤 소금을 팔 수 있을까요?

추천 감수 _ 김병규
대구교육대학을 졸업하고 한국일보 신춘문예에 동화가, 중앙일보 신춘문예에 희곡이
당선되면서 작품 활동을 시작했습니다. 대한민국문학상, 소천아동문학상, 해강아동문
학상 등을 수상했으며, 현재 소년한국일보 편집국장으로 재직 중입니다. 쓴 책으로 〈나
무는 왜 겨울에 옷을 벗는가〉, 〈푸렁별에서 온 손님〉, 〈그림 속의 파란 단추〉 등이 있습
니다.

추천 감수 _ 배익천
경북 영양에서 태어났습니다. 1974년 한국일보 신춘문예에 동화가 당선되었고, 〈마음
을 찍는 발자국〉, 〈눈사람의 휘파람〉, 〈냉이꽃〉, 〈은빛 날개의 가슴〉 등의 동화집을 펴
냈습니다. 한국아동문학상, 대한민국문학상, 세종아동문학상 등을 받았으며, 현재 부산
MBC에서 발행하는 〈어린이문예〉 편집주간으로 일하고 있습니다.

글 _ 김혜란
〈할머니의 하얀 손수건〉으로 현대아동문학상 신인상을 수상하며 동화를 쓰기 시작했
으며, 영화 시나리오 작가로도 활동했습니다. 지금은 동화 쓰는 일에 전념하고 있으며
작품으로 〈연못에 놀러 온 무지개〉, 〈개미 때문에〉, 〈하늘 공주가 그린 사계절〉, 〈조금
달라도 괜찮아〉 등이 있습니다.

그림 _ 경하
현재 일러스트레이터로 활동하고 있습니다. 한국그림책일러스트협회와 구름사다리 회
원입니다. 작품으로 〈속담을 말해 봐!〉, 〈힘내라! 힘찬 왕자〉, 〈악동 삼총사, 희망을 쏘
다!〉, 〈미운 오리 짝꿍 이승기〉, 〈할머니는 왕 스피커〉 등이 있습니다.

**말랑말랑 우리전래동화**  **08** 지혜와 재치  **소금 장수 아들**

발 행 인 박희철
발 행 처 한국헤밍웨이
출판등록 제406-2013-000056호
주    소 경기도 성남시 분당구 금곡동 444-148
대표전화 031-715-7722
팩    스 031-786-1100
편    집 이영혜, 이승희, 최부옥, 김지균, 송정호
디 자 인 조수진, 우지영, 성지현, 선우소연
사진제공 이미지클릭, 연합포토, 중앙포토

△ 주의 : 본 교재를 던지거나 떨어뜨리면 다칠 우려가 있으니 주의하십시오.
        고온 다습한 장소나 직사광선이 닿는 장소에는 보관을 피해 주십시오.

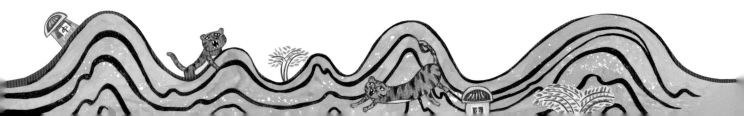

# 소금 장수 아들

글 김혜란 그림 경하

한국헤밍웨이

옛날 어느 마을에 소금 장수가 살고 있었어.
소금을 팔아서 하나밖에 없는 아들을
금이야 옥이야 귀하게 키우며 살았지.
그런데 다 자란 아들이 좀 모자라지 뭐야.
콧물을 질질 흘리고 다니면서
동네 꼬마들에게 놀림만 당하네.

하하,
바보래요!

아들은 감자와 고구마도 가릴 줄 몰랐고,
숫자를 셀 줄 모르니, 셈도 할 줄 몰랐지.
그저 누워서 뒹굴뒹굴 방귀나 뿡뿡뿡!
소금 장수는 한숨을 쉬며 말했어.
"애야, 넌 커서 무슨 일을 하려고 하니?"
"아버지처럼 소금 장수 하려고요!"

뭐, 뭐라고?

누가 감자일까요?

소금 장수는 귀가 번쩍 뜨였어.
"네가 소금을 팔 수 있겠느냐?"
아들이 자신만만하게 큰소리를 쳤어.
"그까짓 게 어려울 게 뭐 있겠어요?
사람들한테 가서 '소금 사세요!' 라고 외치면 되죠."
그러자 소금 장수는 아들에게 소금 지게를 척 내주었지.
"그렇다면 나가서 한번 팔아 오너라."

아들은 소금을 짊어지고 길을 떠났어.
들판에는 밭 가는 농부와 소밖에 없었지.
'사람이 더 많아야 하는데……'
아들은 사람들을 찾아 고갯길을 넘었어.
그랬더니 산 아래에 수많은 사람들이 보이는 거야.

아들이 달려가서 소리를 쳤어.
"소금 사세요! 소금 좀 팔아 주세요!"
곡괭이질 하던 사람들이 버럭 화를 내었어.
"광산에 와서 소금을 팔다니,
바쁘게 일하는데 저리 가지 못해!"
아들은 광부들에게 쫓겨 집으로 돌아왔어.

13

소금 장수는 아들 말에 한숨만 푹푹.
"후유, 다음에는 일을 도와주렴.
땅을 같이 파 주면
고마워서라도
소금을 사 줄 게 아니냐?"
아들이 손뼉을 짝 쳤어.
"아하, 그렇군요!"

옳지!

이튿날, 아들은 소금을 팔러
이웃 마을까지 걸어갔어.
"어? 저기 사람들이 모여 있네.
얼른 가서 땅을 파야지."
아들은 성큼성큼 마당으로 들어가서
곡괭이로 움푹움푹 땅을 파기 시작했지.
그러자 사람들이 놀라서 소리를 질렀어.
"아니, 이게 무슨 짓이냐?
남의 혼인 잔치를 망치려 하느냐?"

사람들이 몽둥이를 들고
아들을 때리기 시작했어.
"네 이놈, 혼 좀 나 봐라!"
"어이쿠, 왜 이래요?"
아들은 온 힘을 다해
집으로 도망쳤어.

18

집에 돌아온 아들이 화를 버럭!
"아버지 말씀대로 했다가
죽을 뻔했어요."
"쯧쯧, 그럴 때는 '경사 났네,
경사 났네.' 하며 춤을 췄어야지."

19

다음 날, 아들이 간 곳은 불난 집이었어.
사람들이 허둥지둥 물을 길어 나르는데,
갑자기 아들이 덩실덩실 춤을 추는 거야.
"경사 났네, 경사 났네!"

울고 있던 집주인이 아들에게 달려들었어.
"이런 못된 놈! 집이 불타는데 놀리고 있어?"
사람들이 몽둥이를 들고 우르르 몰려왔어.
아들은 흠씬 두들겨 맞고 절뚝절뚝 집으로 돌아왔지.
소금 장수가 답답해서 가슴을 쿵쿵 쳤어.
"애야, 다음에는 물을 끼얹고 나서 소금을 팔아라."

다음 날, 아들은 아주 멀리까지 갔어.
"아이고, 다리 아파! 좀 쉬었다 가야겠다."
그때 어느 집 담장 너머로 사람들이 보였어.
"그래. 아버지가 물을 끼얹은 다음 소금을 팔라고 했지?"

아들은 물을 떠 와서 마당으로 들어갔어.
마당에는 두 사람이 티격태격 싸우는 중이었지.

아들이 두 사람에게 다짜고짜 찬물을 끼얹었어.

"아이고, 차가워라!"

홀딱 젖은 두 사람이 아들에게 달려들었어.

"이게 무슨 짓이냐?

누군지 모르지만 마침 잘 만났다."

아들은 소금도 못 팔고 또 달아날 수밖에.

"답답하다, 답답해!"
소금 장수가 이야기를 듣더니
아들에게 차근차근 알려 주었어.
"싸움이 일어나면 말려야지.
그런 다음에 소금을 팔아 보아라."
아들이 고개를 끄덕거렸어.
"참 쉽네요. 내일은 꼭 소금을 팔게요."

다음 날, 아들이 들판을 걸어가고 있을 때였어.
들판에서 황소 두 마리가 콧김을 뿜으며
서로에게 달려들고 있었지.
아들이 이때다 싶어 황소들에게 달려갔어.
"황소들아, 싸우면 안 돼!"
아들은 황소 사이에 끼어들어 두 팔을 휘휘 저었어.

그 순간 황소들이 뿔을 치켜들고,
서로를 향해 무섭게 달려들었어.
그 바람에 황소들 사이에 끼어 있던 아들이 쿵!
황소 뿔에 들이받힌 아들이
붕 떠올랐다가 바닥에 털썩!

황소들이 씩씩거리며 아들에게 다시 덤벼들었어.
아들은 달아나면서도 아버지 탓을 했어.
"아이고, 아야! 아버지 말씀은 옳은 게 없어."
이런 일, 저런 일 겪었으니
다음에는 소금을 잘 팔겠지?

# 소금 장수 아들 작품해설

<소금 장수 아들>은 소금 장수의 바보 아들이 아버지에게 배운 것을 전혀 다른 상황에 무조건 쓰는 바람에 실수가 벌어지며 생겨나는 어리석은 행동을 담은 '치우담' 이에요. '치우담' 은 '바보 설화' 라고도 하는데, 바보 같고 모자란 주인공의 어리석은 행동을 담고 있답니다.

<소금 장수 아들>의 줄거리는 이렇습니다. 옛날 어느 마을에 소금 장수 아들이 살았는데 어딘가 모자랐습니다. 하루는 아버지가 아들에게 소금을 팔아 보라고 시켰습니다. 아들은 광산에 갔지만 광부들에게 쫓겨났습니다. 이야기를 전해 들은 아버지는 그럴 땐 땅 파는 일을 도와주면 고마워 소금을 살 거라고 했습니다.

다음 날 바보 아들은 소금을 지고 혼인 잔치에 가 무작정 땅을 파다 혼쭐이 났습니다. 이야기를 전해 들은 아버지는 그럴 땐 '경사 났네.' 하며 춤을 추라고 말해 주었습니다. 다음 날 아들은 불난 집에 가 '경사 났네.' 춤을 추곤 크게 두들겨 맞았습니다.

이야기를 전해 들은 아버지는 그럴 땐 물을 끼얹고 소금을 팔라고 했습니다. 다음 날 바보 아들은 소금을 지고 가 싸움 벌이는 사람들에게 물을 끼얹고 혼쭐이 났습니다. 아버지는 그럴 땐 싸움을 말리라고 했습니다. 다음 날 아들은 황소 두 마리가 싸우는 걸 보고 달려가 싸움을 말리다 엉덩방아를 찧고 도망쳤습니다.

옛이야기에서는 비슷한 잘못을 여러 번 거듭하며 실수를 저지르는 경우가 많습니다. 이런 이야기들은 대개 길이가 길고 내용이 비슷비슷합니다. 우리는 바보나 모자란 사람들의 실수를 유쾌하고 재미나게 봅니다. 모자란 사람은 이야기 속에서 어리석음을 드러냄으로써 우리가 세상을 살아가며 지켜야 하는 사회의 규칙을 깨뜨립니다. 그러고도 천연덕스럽게 웃음으로 상황을 넘겨 버립니다.

<소금 장수 아들>에는 인생을 즐겁고 좋은 것으로 여기며 웃음을 잃지 않았던 옛사람들의 여유가 담겨 있습니다.

# 꼭 알아야 할 작품 속 우리 문화

 소 금

소금은 음식을 만들 때 짠맛을 내는 중요한 조미료이자, 사람이 살아가는 데 꼭 필요한 무기질 중 하나예요. 옛날에는 소금이 무척 귀했기 때문에 '평양 감사보다 소금 장수가 낫다.'는 속담도 생겼어요. 별 볼일 없는 관리보다는 소금 장수가 낫다는 뜻이지요.

곡괭이

 굳고 단단한 땅을 팔 때 쓰는 연장이에요. 쇠로 황새 부리처럼 만들어 그 가운데 구멍에 자루를 박아 만들지요. 보통의 괭이보다 날 끝이 좁고 갸름해 단단한 땅을 파고 돌덩이를 캐기에 더없이 좋아요.

소

소는 순하고 힘이 세서 옛날부터 가축으로 길러 왔어요. 소는 많은 일을 해내요. 농사를 지을 때 쟁기를 끌어 논밭을 갈아 주고, 수레를 끌어 무거운 짐을 날라 주지요. 그래서 우리 조상들은 소를 아끼고 가족처럼 사랑했어요.

# 말랑말랑 우리 문화 이야기

소금 장수 아들이 혼인 잔치를 망치자 사람들은 몹시 화를 냈어요. 옛날부터 혼인 날은 무척 경사스러운 날이었거든요. 그중에서도 왕실의 혼례는 나라의 경사였답니다.

그중에 꼭 훌륭한 규수가 있을 거예요.

처녀 단자에 이름을 올린 처녀가 서른 명이 안 되다니!

## 왕비가 될 규수를 심사해요

왕실에서 왕비를 간택할 때 세 차례의 심사를 거치게 되요. 1차에서 10명 안팎을, 2차에서 3명을, 세 번째 심사에서 단 1명만을 골라 선택하였어요. 이것을 '삼간택'이라고 하지요.

최종 삼간택에 뽑힌 것을 축하하오!

성은이 망극하옵니다.

## 온 나라가 들썩들썩, 왕실의 혼례식

왕실의 혼례에서 첫 번째로 해야 하는 것은 규수를 선택하는 간택이었어요. 왕실에서는 결혼 적령기에 있는 전국의 모든 처녀에게 '처녀 단자'를 올리게 했어요. 하지만 이미 정해 놓은 규수가 있는 경우가 대부분이었지요.

## 예비 왕비는 별궁에 머물러요

삼간택에 뽑힌 규수는 예복으로 갈아입고 별궁에서
지내게 돼요. 별궁은 예비 왕비가 왕실의 법도를
배우는 공간이었어요. 혼례를 치를 임금님 또는
세자와도 만날 수 있는 장소였지요.

## 드디어 혼례 준비 끝!

왕실의 법도를 배운 규수는 왕실 혼인
6가지 예법과 절차에 따라 혼례식을
치르게 돼요.

부끄럽사옵니다.

정말
궁중의 법은
지엄하구나.

## 혼례식의 절차

신부의 집에 청혼서와 기러기를 보내요. 신부가 이를
받아들이면 왕실에서는 예물을 보내지요. 혼인 날짜를
알리는 의식이 치러지면 별궁에서 왕비(세자빈)로
책봉하는 의식을 해요. 별궁에서 신부를 맞이해 오는
의식과 혼례식이 끝나면 궁중 잔치가 벌어진답니다.